新日檢試驗

N5

絕對合格

── 試題本 ──

全 MP3 音檔下載導向頁面

http://www.booknews.com.tw/mp3/121240006-10.htm

iOS 系請升級至 iOS 13 後再行下載
全書音檔為大型檔案,建議使用 WIFI 連線下載,以免占用流量,
並確認連線狀況,以利下載順暢。

もくじ
目録

QR碼使用說明

N5_Listening_
Test01

每回測驗在聽解的首頁右上方都有一個QR碼，掃瞄後便可開始聆聽試題進行測驗。使用全書下載之讀者可依下方的檔名找到該回聽解試題音檔，在播放後即可開始進行測驗。

N5
げんごちしき（もじ・ごい）
（25ふん）

ちゅうい
Notes

1. しけんが　はじまるまで、この　もんだいようしを　あけないで　ください。
   Do not open this question booklet until the test begins.

2. この　もんだいようしを　もって　かえる　ことは　できません。
   Do not take this question booklet with you after the test.

3. じゅけんばんごうと　なまえを　したの　らんに、じゅけんひょうと
   おなじように　かいて　ください。
   Write your examinee registration number and name clearly in each box below as written on your test voucher.

4. この　もんだいようしは、ぜんぶで　8ページ　あります。
   This question booklet has 8 pages.

5. もんだいには　かいとうばんごうの　1 、 2 、 3 … が　あります。
   かいとうは、かいとうようしに　ある　おなじ　ばんごうの　ところに
   マークして　ください。
   One of the row numbers 1 , 2 , 3 … is given for each question. Mark your answer in the same row of the answer sheet.

じゅけんばんごう　Examinee Registration Number	
なまえ　Name	

もんだい1　＿＿＿の　ことばは　ひらがなで　どう　かきますか。
　　　　　　1・2・3・4から　いちばん　いい　ものを　ひとつ　えらんで
　　　　　　ください。

（れい）その　こどもは　小さいです。
　　　　　1　ちさい　　　　2　ちいさい　　　　3　じさい　　　　4　じいさい

（かいとうようし）　┌─────┬─────────────────┐
　　　　　　　　　　│（れい）│　①　　●　　③　　④　│
　　　　　　　　　　└─────┴─────────────────┘

1　この　くるまは　新しいです。
　　1　うつくしい　　　　　　　　　　　2　やさしい
　　3　たのしい　　　　　　　　　　　　4　あたらしい

2　きょうは　いい　天気　ですね。
　　1　てんき　　　　2　てんち　　　　3　でんき　　　　4　でんち

3　その　はこは　とても　重いです。
　　1　おそい　　　　2　おおい　　　　3　とおい　　　　4　おもい

4　ふじさんは　有名な　やまです。
　　1　ゆうな　　　　2　ゆな　　　　3　ゆうめい　　　　4　ゆめい

5　耳が　いたいですから、びょういんへ　いきます。
　　1　あたま　　　　2　みみ　　　　3　あし　　　　4　め

6　すみません、左に　まがって　ください。
　　1　にし　　　　2　ひがし　　　　3　ひだり　　　　4　みぎ

7　タンさんの　お姉さんは　がっこうの　せんせいです。
　　1　あに　　　　2　あね　　　　3　にい　　　　4　ねえ

8 ともだちの　へやに　入ります。

1　まいります　　　　　　　　2　かえります

3　いります　　　　　　　　　4　はいります

9 社長は　とても　いそがしいです。

1　しゃちょう　　　　　　　　2　しゃしょう

3　しゅちょう　　　　　　　　4　しゅしょう

10 9じ半に　がっこうへ　きてください。

1　ふん　　　　　　2　へん　　　　　3　ほん　　　　　4　はん

11 ちちの　たんじょうびは　八日です。

1　ようか　　　　　　2　よっか　　　　3　むいか　　　　4　ここのか

12 へやの　中で　あそびます。

1　なか　　　　　　　2　うち　　　　　3　じゅう　　　　4　ちゅう

もんだい2 ＿＿＿の ことばは どう かきますか。1・2・3・4から
いちばん いい ものを ひとつ えらんで ください。

（れい）この テレビは すこし やすいです。

　　　　1 低い　　　 2 暗い　　　 3 安い　　　 4 悪い

（かいとうようし）　｜（れい）｜ ① ② ● ④ ｜

---

13 きのう たかい ぱそこんを かいました。

　　1 パンコン　　　　　　　　　　2 パンコリ

　　3 パソコン　　　　　　　　　　4 パソコリ

14 わたしの せんせいは せが たかいです。

　　1 牛光　　　　 2 生王　　　　 3 先生　　　　 4 先土

15 へやの まどを あけます。

　　1 閉けます　　　 2 開けます　　 3 門けます　　 4 問けます

16 あめが ふって きましたから、かえりましょう。

　　1 天　　　　　 2 多　　　　 3 月　　　　 4 雨

17 この みせは きんようびは やすみです。

　　1 全　　　　　 2 金　　　　 3 会　　　　 4 合

18 この りょうりは ははが つくりました。

　　1 百　　　　　 2 白　　　　 3 毎　　　　 4 母

19 いっしょに　ひるごはんを　たべます。

   1　食べます   2　近べます   3　分べます   4　長べます

20 あしたは　がっこうを　やすみます。

   1　体みます   2　仏みます   3　仕みます   4　休みます

もんだい3 （　　　）に　なにが　はいりますか。1・2・3・4から　いちばん
　　　　　いい　ものを　ひとつ　えらんで　ください。

（れい）きのう　サッカーを　（　　　）しました。
　　　1　れんしゅう　　　　2　こしょう
　　　3　じゅんび　　　　　4　しゅうり

（かいとうようし）　｜（れい）｜　●　②　③　④　｜

21　ゆうべ　（　　　）で　ニュースを　みました。
　　　1　ボタン　　　　　2　テレビ　　　　　3　フォーク　　　4　ギター

22　すみません、はさみを　（　　　）も　いいですか。
　　　1　かかって　　　　2　かりて　　　　　3　かぶって　　　4　かえって

23　たなかさんは、くろい　（　　　）を　きています。
　　　1　めがね　　　　　2　くつ　　　　　　3　ぼうし　　　　4　うわぎ

24　プールで　（　　　）から、つかれました。
　　　1　およぎました　　　　　　　　　　　2　むかえました
　　　3　うまれました　　　　　　　　　　　4　おくりました

25　わたしの　うちに　くるまが　2（　　　）あります。
　　　1　だい　　　　　　2　まい　　　　　　3　ひき　　　　　4　こ

26　あついですから、（　　　）ジュースを　のみたいです。
　　　1　きたない　　　　2　つめたい　　　　3　ながい　　　　4　いそがしい

27 かいしゃに　でんわを　（　　　　）。

1　はなします　　　　　　　　　　2　つけます

3　かけます　　　　　　　　　　　4　はらいます

28 コーヒーと　こうちゃと、（　　　）が　すきですか。

1　いつ　　　　　　2　なん　　　　　3　どこ　　　　　4　どちら

29 まりさんは　うたが　（　　　　）です。

1　きれい　　　　　　2　おいしい　　　　3　じょうず　　　　4　べんり

30 ここで　しゃしんを　（　　　）　ください。

1　すわないで　　　　　　　　　　2　のぼらないで

3　ぬがないで　　　　　　　　　　4　とらないで

もんだい4 ＿＿＿の　ぶんと　だいたい　おなじ　いみの　ぶんが　あります。
　　　　　1・2・3・4から　いちばん　いい　ものを　ひとつ　えらんで
　　　　　ください。

（れい）わたしは　にほんごの　ほんが　ほしいです。

　　　　1　わたしは　にほんごの　ほんを　もって　います。

　　　　2　わたしは　にほんごの　ほんが　わかります。

　　　　3　わたしは　にほんごの　ほんを　うって　います。

　　　　4　わたしは　にほんごの　ほんを　かいたいです。

（かいとうようし）　　| （れい） | ① ② ③ ● |
| --- | --- |

31　しごとは　9じから　5じまでです。

　　1　しごとは　9じに　はじまって　5じに　おわります。

　　2　しごとは　9じに　おわって　5じに　はじまります。

　　3　しごとは　9じかんです。

　　4　しごとは　5じかんです。

32　せんせいは　もう　うちに　かえりました。

　　1　せんせいは　まだ　がっこうに　います。

　　2　せんせいは　いま　がっこうに　いません。

　　3　せんせいは　うちで　しごとを　しません。

　　4　せんせいは　ときどき　がっこうに　きます。

33　そふは　けいさつかんです。

　　1　ちちの　ちちは　けいさつかんです。

　　2　ちちの　ははは　けいさつかんです。

　　3　ちちの　きょうだいは　けいさつかんです。

　　4　ちちの　りょうしんは　けいさつかんです。

34 いもうとは　まいにち　いそがしいです。

1　いもうとは　ときどき　にぎやかです。

2　いもうとは　ときどき　たのしいです。

3　いもうとは　いつも　ひまじゃ　ありません。

4　いもうとは　いつも　へたじゃ　ありません。

35 あいさんは　かなさんに　おもしろい　DVDを　かりました。

1　かなさんは　あいさんに　おもしろい　DVDを　かしました。

2　かなさんは　あいさんに　おもしろい　DVDを　もらいました。

3　あいさんは　かなさんに　おもしろい　DVDを　かしました。

4　あいさんは　かなさんに　おもしろい　DVDを　もらいました。

N5
言語知識（文法）・読解
（50ぷん）

注　意
Notes

1. 試験が始まるまで、この問題用紙をあけないでください。
   Do not open this question booklet until the test begins.

2. この問題用紙を持ってかえることはできません。
   Do not take this question booklet with you after the test.

3. 受験番号となまえをしたの欄に、受験票とおなじようにかいてください。
   Write your examinee registration number and name clearly in each box below as written on your test voucher.

4. この問題用紙は、全部で15ページあります。
   This question booklet has 15 pages.

5. 問題には解答番号の　1　、　2　、　3　… があります。
   解答は、解答用紙にあるおなじ番号のところにマークしてください。
   One of the row numbers　1　,　2　,　3　… is given for each question. Mark your answer in the same row of the answer sheet.

受験番号　Examinee Registration Number	

なまえ Name	

もんだい1 （　　　）に 何を 入れますか。1・2・3・4から いちばん
　　　　　 いい ものを 一つ えらんで ください。

（れい）きのう ともだち（　　　）こうえんへ いきました。
　　　　　　1 と　　　　2 を　　　　3 は　　　　4 や

（かいとうようし）　　| （れい）| ● ① ③ ④ |

---

1 きょう しごとは 3時（　　　）おわります。
　　1 が　　　　　　2 に　　　　　　3 は　　　　　4 と

2 みち（　　　）わたるとき、車に きを つけましょう。
　　1 が　　　　　　2 に　　　　　　3 を　　　　　4 で

3 たべもの（　　　）何が いちばん すきですか。
　　1 が　　　　　　2 で　　　　　　3 を　　　　　4 へ

4 この みせには くだもの（　　　）やさいが たくさん あります。
　　1 に　　　　　　2 を　　　　　　3 へ　　　　　4 や

5 A「すてきな しゃしんですね。いつ とりましたか。」
　 B「せんしゅう（　　　）日曜日です。うみの 中で とりました。」
　　1 は　　　　　　2 に　　　　　　3 の　　　　　4 と

6 A「もうすぐ テストですから、まいにち 3時間 べんきょうして います。」
　 B「そうですか。それは たいへんです（　　　）。がんばって ください。」
　　1 の　　　　　　2 ね　　　　　　3 た　　　　　4 から

7 （　　　）教室は わたしの へやより あかるいです。
　　1 こう　　　　　2 ここ　　　　　3 この　　　　4 これ

8 きのう 食べた ケーキは （　　　） おいしくなかったです。

1　よりも　　　　　2　よく　　　　　　3　すぐ　　　　　4　あまり

9 わたしの　まちでは　きのう　雨が　ふりました。きょう（　　　）雨が　ふって　います。

1　に　　　　　　　2　の　　　　　　　3　を　　　　　　4　も

10 学校の　あとで　ともだちの　うちへ　（　　　）　行きます。

1　あそびに　　　　2　あそんで　　　　3　あそぶ　　　　4　あそんだ

11 A「マリオさんは　（　　　）　人ですか。」
B「あの　かみが　ながい　人です。」

1　どう　　　　　　2　どの　　　　　　3　だれの　　　　4　どこの

12 うちから　えきまで　（　　　）　かかりますか。

1　どうして　　　　　　　　　　　2　どちら
3　どのぐらい　　　　　　　　　　4　どのように

13 この　もんだいは　とても　むずかしいですから、（　　　）　こたえが　わかりません。

1　だれが　　　　　2　だれに　　　　　3　だれも　　　　4　だれより

14 （レストランで）
A「Bさん、のみものは　（　　　）　しますか。」
B「コーヒーが　いいです。」

1　なにに　　　　　　2　なにも　　　　　3　なにが　　　　4　なにを

15 A「あの　しろい　ぼうしを　（　　　　）人は　だれですか。」

B「田中先生ですよ。」

1　かぶって

2　かぶります

3　かぶりながら

4　かぶっている

16 林「みなさん、こちら、アリさんです。きょうから　わたしたちの　チームで
はたらきます。」

アリ「はじめまして、アリです。これから　よろしく　（　　　　）。」

1　おねがいです

2　おねがいします

3　おねがいしました

4　おねがいしましょう

もんだい2 ___★___に 入る ものは どれですか。1・2・3・4から いちばん
いい ものを 一つ えらんで ください。

（もんだいれい）

A「いつ ＿＿＿＿ ＿＿＿＿ ＿★＿ ＿＿＿＿ か。」

B「3月です。」

　　1　くに　　　　2　へ　　　　3　ごろ　　　　4　かえります

（こたえかた）

1. ただしい 文を つくります。

A「いつ ＿＿＿＿＿＿ ＿＿＿＿＿＿ ＿＿★＿＿ ＿＿＿＿＿＿ か。」
　　　　　　3　ごろ　　1　くに　　2　へ　4　かえります
B「3月です。」

2. ___★___に 入る ばんごうを くろく ぬります。

（かいとうようし）　　| （れい） | ① ● ③ ④ |

17　A「大学 ＿＿＿＿ ＿＿＿＿ ＿★＿ ＿＿＿＿ ですか。」

　　B「すこし むずかしいです。」

　　1　どう　　　　　2　の　　　　　3　は　　　　　4　べんきょう

18　わたしは 日本の ＿＿＿＿ ＿＿＿＿ ＿★＿ ＿＿＿＿ が すきです。

　　1　うたう　　　　2　うた　　　　3　の　　　　　4　を

19　山川さんは ＿＿＿＿ ＿＿＿＿ ＿★＿ ＿＿＿＿ して います。

　　1　おんがくを　　　　　　　　2　しゅくだいを

　　3　ながら　　　　　　　　　　4　きき

20 この ＿＿＿ ＿＿＿ ★ ＿＿＿ すわないで ください。

1 では 2 を 3 教室 4 たばこ

21 りょこうのとき、 ＿＿＿ ＿＿＿ ★ ＿＿＿ したり しました。

1 おてらへ 2 ふるい 3 スキーを 4 行ったり

もんだい3　　22　から　　26　に　何を　入れますか。ぶんしょうの　いみを　かんがえて、1・2・3・4から　いちばん　いい　ものを　一つ　えらんで　ください。

リーさんと　ハンさんは　「わたしの　ともだち」の　さくぶんを　書いて、クラスの　みんなの　前で　読みます。

(1)　リーさんの　さくぶん

　　わたしの　ともだちは、ミンさんです。ミンさんは、となりの　へや　　22　　住んで　います。いつも　いっしょに　ごはんを　食べます。

　　ミンさんは　よく　じぶんの　国の　テレビを　見ます。　23　、日本の　テレビを　ぜんぜん　見ません。わたしは　日本の　テレビで　見た　ことを　ミンさんに　話します。ミンさんは　とても　いい　ともだちです。

---

(2)　ハンさんの　さくぶん

　　わたしの　ともだちは、テイさんです。テイさんは、今　ゆうめいな　会社で　　24　。いつも　仕事が　いそがしいですから、休みの　日が　少ないです。

　　きのうは　　25　　から、いっしょに　買いものを　して、レストランへ　行きました。わたしと　テイさんは　学校の　ことや　仕事の　ことを　話しました。とても　たのしかったです。また　テイさんに　　26　。

22

   1　で   2　に   3　へ   4　を

23

   1　でも   2　もっと   3　では   4　あとで

24

   1　働きましょう   2　働きません
   3　働きました   4　働いて　います

25

   1　休みです   2　休みじゃ　ありません
   3　休みでした   4　休みじゃ　ないです

26

   1　会いましたか   2　会いたいです
   3　会って　いました   4　会いませんでした

文法

もんだい4　つぎの　⑴から　⑶の　ぶんしょうを　読んで、しつもんに　こたえて
　　　　　ください。こたえは、1・2・3・4から　いちばん　いい　ものを
　　　　　一つ　えらんで　ください。

⑴

　わたしは　子どもの　とき、きらいな　食べものが　ありました。にくと　やさいは
好きでしたが、さかなは　好きじゃ　ありませんでした。今は、さかな料理も　大好きで、よく
食べます。でも、今　ダイエットを　していますから、あまいものは　食べません。

27　「わたし」は　子どもの　とき、何が　きらいでしたか。

　　1　にくが　きらいでした。

　　2　やさいが　きらいでした。

　　3　さかなが　きらいでした。

　　4　あまいものが　きらいでした。

(2)

メイさんが　コウさんに　手紙を　書きました。

コウさんへ

映画の　チケットが　２まい　あります。いっしょに　行きませんか。

場所は、駅の　前の　映画館です。今週の　土曜日か　日曜日に

行きたいです。

コウさんは　いつが　いいですか。電話で　教えて　ください。

メイ

---

28 コウさんは　この　手紙を　読んだ　あとで、どうしますか。

1　映画の　チケットを　買います。

2　映画館へ　行きます。

3　メイさんの　うちへ　行きます。

4　メイさんに　電話を　かけます。

(3)
（学校で）

学生が　この　紙を　見ました。

Ａクラスの　みなさんへ

高木先生が　病気に　なりました。今日の　午後の　授業は　ありません。

あしたは　午後から　授業が　あります。あさっては　午前だけ

授業が　あります。

あさっての　授業で　かんじの　テストを　しますから、テキストの

21ページから　23ページまでを　べんきょうして　ください。

12月15日

ASK日本語学校

29　いつ　かんじの　テストが　ありますか。
1　12月15日　午前
2　12月16日　午後
3　12月17日　午前
4　12月18日　午後

もんだい5 つぎの ぶんしょうを 読んで、しつもんに こたえて ください。
こたえは、1・2・3・4から いちばん いい ものを 一つ
えらんで ください。

これは リンさんが 書いた さくぶんです。

ルカさんと 出かけました

リン・ガク

先週の 日曜日、朝ごはんを 食べた あとで、おべんとうを 作りました。わたしは 料理が 好きですから、いつも じぶんで ごはんを 作ります。それから、ルカさんと 会って、いっしょに 海へ およぎに 行きました。わたしは たくさん およぎました。でも、ルカさんは ①およぎませんでした。「きのう おそくまで おきて いましたから、ねむいです。」と 言って、休んで いました。そのあと、わたしが 作った おべんとうを いっしょに 食べました。

ルカさんは 来週 たんじょうびですから、プレゼントを あげました。電車の 本です。ルカさんは、電車が 好きで、いつも 電車の 話を しますが、わたしは よく わかりません。きのう、図書館で ②電車の 本を かりました。この本を 読んで、ルカさんと 電車の 話を したいです。

30 ルカさんは　どうして　①およぎませんでしたか。

1　おべんとうを　作って、つかれたから

2　夜　おそくまで　おきていて、ねむかったから

3　電車の　本を　読みたかったから

4　たくさん　べんきょうを　したかったから

31 リンさんは　どうして　②電車の　本を　かりましたか。

1　ルカさんと　電車に　乗りたいから

2　ルカさんと　電車の　話を　したいから

3　ルカさんに　電車の　本を　あげたいから

4　ルカさんと　電車を　見に　行きたいから

もんだい6 右の ページを 見て、下の しつもんに こたえて ください。
こたえは、1・2・3・4から いちばん いい ものを 一つ えらん
で ください。

32 アンさんは 山川びじゅつかんへ 行きたいです。電車か バスに のって、
10時までに 行きたいです。電車や バスは 安い ほうが いいです。
アンさんは どの 行き方で 行きますか。

1 ①
2 ②
3 ③
4 ④

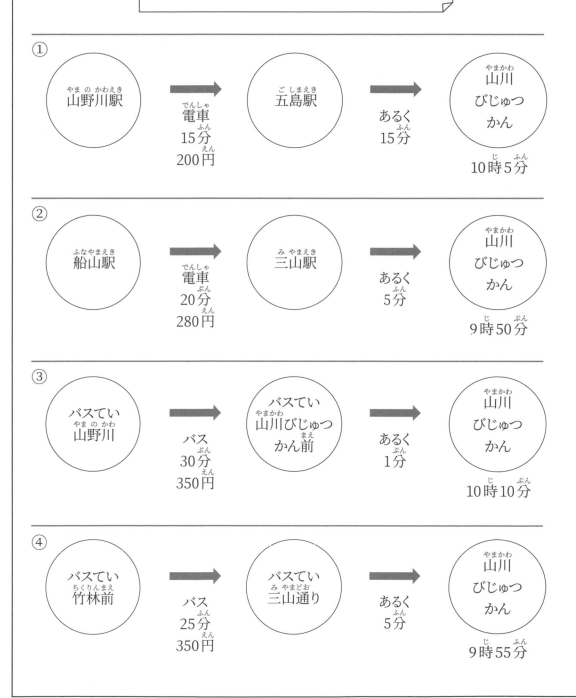

山川びじゅつかんの 行き方

① 山野川駅 →（電車 15分 200円） 五島駅 →（あるく 15分） 山川びじゅつかん 10時5分

② 船山駅 →（電車 20分 280円） 三山駅 →（あるく 5分） 山川びじゅつかん 9時50分

③ バスてい 山野川 →（バス 30分 350円） バスてい 山川びじゅつかん前 →（あるく 1分） 山川びじゅつかん 10時10分

④ バスてい 竹林前 →（バス 25分 350円） バスてい 三山通り →（あるく 5分） 山川びじゅつかん 9時55分

N5
聴解
(30分)

N5_Listening_
Test01

注　意
Notes

1. 試験が始まるまで、この問題用紙を開けないでください。
   Do not open this question booklet until the test begins.

2. この問題用紙を持って帰ることはできません。
   Do not take this question booklet with you after the test.

3. 受験番号と名前を下の欄に、受験票と同じように書いてください。
   Write your examinee registration number and name clearly in each box below as written on your test voucher.

4. この問題用紙は、全部で14ページあります。
   This question booklet has 14 pages.

5. この問題用紙にメモをとってもいいです。
   You may make notes in this question booklet.

受験番号　Examinee Registration Number	

名前　Name	

もんだい1　🔊 N5_1_02

　もんだい1では、はじめに　しつもんを　きいて　ください。それから　はなし
を　きいて、もんだいようしの　1から4の　なかから、いちばん　いい　ものを
ひとつ　えらんで　ください。

れい　🔊 N5_1_03

1　どうぶつえん
2　えいがかん
3　くうこう
4　でんしゃの　えき

1ばん N5_1_04

1

2

3

4

2ばん N5_1_05

1

2
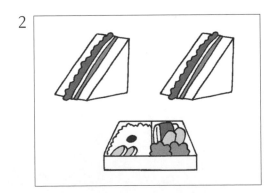

3

4

3ばん 🔊 N5_1_06

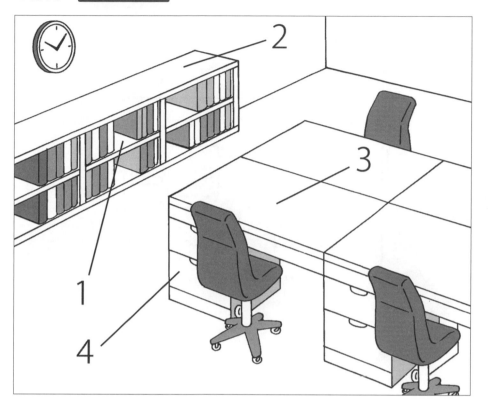

4ばん 🔊 N5_1_07

1 10:30

2 10:50

3 11:00

4 11:10

5ばん　

6ばん　

1 げつようび

2 かようび

3 すいようび

4 もくようび

7ばん 🔊 N5_1_10

1

2

3

4

もんだい2 🔊 N5_1_11

　もんだい2では、はじめに　しつもんを　きいて　ください。それから　はなし
を　きいて、もんだいようしの　1から4の　なかから、いちばん　いい　ものを
ひとつ　えらんで　ください。

れい 🔊 N5_1_12

1　きょうの　　3じ
2　きょうの　　3じはん
3　あしたの　　9じ
4　あしたの　　10じ

1ばん 🔊 N5_1_13

2ばん 🔊 N5_1_14

1 プールへ　およぎに　いきます
2 テニスを　します
3 レストランへ　いきます
4 こうえんを　さんぽします

3ばん ◀)) N5_1_15

1

2

3

4

4ばん ◀)) N5_1_16

1

2
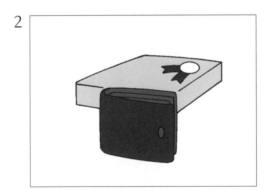

3
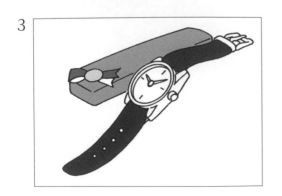

4

5ばん 🔊 N5_1_17

1 せんせい

2 かいしゃいん

3 ぎんこういん

4 いしゃ

6ばん 🔊 N5_1_18

1 みちが　わからなかったから

2 じてんしゃが　なかったから

3 しゅくだいを　わすれたから

4 てんきが　よかったから

もんだい3 N5_1_19

もんだい**3**では、えを　みながら　しつもんを　きいて　ください。

➡（やじるし）の　ひとは　なんと　いいますか。**1**から**3**の　なかから、いちばん
いい　ものを　ひとつ　えらんで　ください。

れい　 N5_1_20

1ばん　🔊 N5_1_21

2ばん　🔊 N5_1_22

3ばん　🔊 N5_1_23

4ばん　🔊 N5_1_24

5ばん　 N5_1_25

もんだい4 🔊 N5_1_26

もんだい4は、えなどが ありません。ぶんを きいて、1から3の なかから、
いちばん いい ものを ひとつ えらんで ください。

れい 🔊 N5_1_27

1ばん 🔊 N5_1_28

2ばん 🔊 N5_1_29

3ばん 🔊 N5_1_30

4ばん 🔊 N5_1_31

5ばん 🔊 N5_1_32

6ばん 🔊 N5_1_33

N5
げんごちしき（もじ・ごい）
（25ふん）

ちゅうい
Notes

1. しけんが　はじまるまで、この　もんだいようしを　あけないで　ください。
   Do not open this question booklet until the test begins.

2. この　もんだいようしを　もって　かえる　ことは　できません。
   Do not take this question booklet with you after the test.

3. じゅけんばんごうと　なまえを　したの　らんに、じゅけんひょうと
   おなじように　かいて　ください。
   Write your examinee registration number and name clearly in each box below as written on your test voucher.

4. この　もんだいようしは、ぜんぶで　8ページ　あります。
   This question booklet has 8 pages.

5. もんだいには　かいとうばんごうの　1 、 2 、 3 … が　あります。
   かいとうは、かいとうようしに　ある　おなじ　ばんごうの　ところに
   マークして　ください。
   One of the row numbers 1 , 2 , 3 … is given for each question. Mark your answer in the same row of the answer sheet.

じゅけんばんごう　Examinee Registration Number	

なまえ　Name	

もんだい1 ＿＿＿の ことばは ひらがなで どう かきますか。
1・2・3・4から いちばん いい ものを ひとつ えらんで
ください。

（れい）その こどもは 小さいです。

    1 ちさい   2 ちいさい   3 じさい   4 じいさい

（かいとうようし） | （れい） | ① ● ③ ④

---

1 しごとで 外国へ いきます。

    1 がいくに   2 がいこく   3 そとくに   4 そとこく

2 マリアさんは 九月に けっこんしました。

    1 くげつ   2 くがつ
    3 きゅうげつ   4 きゅうがつ

3 きれいな 花ですね。

    1 かお   2 はな   3 き   4 そら

4 ここへ 来ないで ください。

    1 きないで   2 くないで   3 けないで   4 こないで

5 あさから 足が いたいです。

    1 うで   2 あたま   3 あし   4 くび

6 この まちには おおきな 川が あります。

    1 いけ   2 かわ   3 いえ   4 みち

7 なつやすみに 高い やまに のぼりました。

    1 たかい   2 ひろい   3 きれい   4 とおい

8 ジュースが　何本　ほしいですか。
　　1　なにぼん　　　2　なにほん　　　3　なんぼん　　　4　なんぽん

9 えきの　北に　びじゅつかんが　あります。
　　1　ひがし　　　　2　にし　　　　　3　きた　　　　　4　みなみ

10 かぎは　つくえの　上に　あります。
　　1　まえ　　　　　2　よこ　　　　　3　うえ　　　　　4　した

11 先月　パーティーを　しました。
　　1　せんげつ　　　2　ぜんげつ　　　3　せんがつ　　　4　ぜんがつ

12 ここから　みずが　出ます。
　　1　います　　　　2　します　　　　3　ねます　　　　4　でます

もんだい2 ＿＿＿の ことばは どう かきますか。1・2・3・4から
いちばん いい ものを ひとつ えらんで ください。

（れい）この テレビは すこし やすいです。
　　　　　1 低い　　　2 暗い　　　3 安い　　　4 悪い

（かいとうようし）　┌─────┬──────────────┐
　　　　　　　　　　│（れい）│ ① ② ● ④ │
　　　　　　　　　　└─────┴──────────────┘

13 わたしは あいすくりーむが すきです。
　　1 アイスクリーム　　　　　　　　2 アイヌクリーム
　　3 アイスワリーム　　　　　　　　4 アイヌワリーム

14 よるから あめが ふります。
　　1 朝　　　　　2 昼　　　　　3 夕　　　　　4 夜

15 わたしは えいごを はなします。
　　1 読します　　　2 語します　　　3 話します　　　4 詰します

16 よく みて ください。
　　1 見て　　　　　2 貝て　　　　　3 目て　　　　　4 買て

17 はこの なかに なにを いれましたか。
　　1 白　　　　　2 申　　　　　3 本　　　　　4 中

18 あおきさんと わたしは おなじ クラスです。
　　1 田じ　　　　　2 回じ　　　　　3 月じ　　　　　4 同じ

19 りょうしんに　てがみを　<u>かきます</u>。

1　申きます　　　　2　里きます　　　　3　軍きます　　　　4　書きます

20 <u>らいしゅう</u>、テストが　あります。

1　来週　　　　2　前週　　　　3　今週　　　　4　先週

もんだい3　（　　　）に　なにが　はいりますか。1・2・3・4から　いちばん
　　　　　いい　ものを　ひとつ　えらんで　ください。

（れい）きのう　サッカーを　（　　　）しました。
　　　1　れんしゅう　　　　2　こしょう
　　　3　じゅんび　　　　　4　しゅうり

（かいとうようし）　　│（れい）│　●　　②　　③　　④　│

21　しろい　おさらを　4（　　　）かいました。
　　　1　はい　　　　　　2　さつ　　　　　　3　だい　　　　　　4　まい

22　つぎの　えきで　でんしゃを　（　　　）。
　　　1　とおります　　　2　とります　　　　3　のります　　　　4　おります

23　さむいですから　まどを　（　　　）ください。
　　　1　しめて　　　　　2　いれて　　　　　3　つけて　　　　　4　けして

24　あきらくんは　（　　　）おとこのこです。
　　　1　かんたんな　　　2　むりな　　　　　3　べんりな　　　　4　げんきな

25　あついですから　（　　　）を　つけましょう。
　　　1　スプーン　　　　2　コンビニ　　　　3　エアコン　　　　4　デザイン

26　せんせい、すみません。しゅくだいを　（　　　）。
　　　1　はらいました　　　　　　　　　　2　ひきました
　　　3　まけました　　　　　　　　　　4　わすれました

27　この　スープは　とても　（　　　）です。
　　　1　まるい　　　　　2　つよい　　　　　3　からい　　　　　4　よわい

28 しゅうまつは、テストの　（　　　　）を　します。

1　そうじ　　　　　2　べんきょう　　　　3　しょくじ　　　　4　せんたく

29 あめでしたが、（　　　　）が　ありませんでしたから、こまりました。

1　めいし　　　　　2　かさ　　　　　　　3　しゃしん　　　　4　とけい

30 この　みちを　（　　　　）、みぎに　まがります。

1　きって　　　　　2　もって　　　　　　3　つくって　　　　4　わたって

もんだい4 ＿＿＿の ぶんと だいたい おなじ いみの ぶんが あります。
1・2・3・4から いちばん いい ものを ひとつ えらんで
ください。

(れい) わたしは にほんごの ほんが ほしいです。

    1 わたしは にほんごの ほんを もって います。

    2 わたしは にほんごの ほんが わかります。

    3 わたしは にほんごの ほんを うって います。

    4 わたしは にほんごの ほんを かいたいです。

(かいとうようし)

(れい)	① ② ③ ●

---

31 ゆうべから あめが ふっています。

    1 きのうの あさから あめが ふって います。

    2 きのうの よるから あめが ふって います。

    3 おとといの あさから あめが ふって います。

    4 おとといの よるから あめが ふって います。

32 きょうしつは ひろくないです。

    1 きょうしつは せまいです。

    2 きょうしつは おおきいです。

    3 きょうしつは ちかいです。

    4 きょうしつは あかるいです。

33 あした しごとは やすみでは ありません。

    1 あした しごとを しません。

    2 あした しごとを やすみます。

    3 あした しごとに いきます。

    4 あした しごとに いきません。

34 このまちは　とても　しずかです。

1　このまちは　とても　きれいです。

2　このまちは　とても　つまらないです。

3　このまちは　にぎやかじゃ　ありません。

4　このまちは　じょうぶじゃ　ありません。

35 くうこうまで　ともだちを　おくりました。

1　ともだちは　ひとりで　くうこうへ　いきました。

2　ともだちを　くうこうへ　つれていきました。

3　ともだちが　くうこうに　きました。

4　ともだちに　くうこうで　あいました。

N5
言語知識（文法）• 読解
（50ぷん）

注　意
Notes

1. 試験が始まるまで、この問題用紙をあけないでください。

   Do not open this question booklet until the test begins.

2. この問題用紙を持ってかえることはできません。

   Do not take this question booklet with you after the test.

3. 受験番号となまえをしたの欄に、受験票とおなじようにかいてください。

   Write your examinee registration number and name clearly in each box below as written on your test voucher.

4. この問題用紙は、全部で15ページあります。

   This question booklet has 15 pages.

5. 問題には解答番号の　1　、　2　、　3　… があります。
   解答は、解答用紙にあるおなじ番号のところにマークしてください。

   One of the row numbers　1　,　2　,　3　… is given for each question. Mark your answer in the same row of the answer sheet.

受験番号　Examinee Registration Number	

なまえ　Name	

もんだい1　（　　　）に　何を　入れますか。1・2・3・4から　いちばん
　　　　　　いい　ものを　一つ　えらんで　ください。

（れい）きのう　ともだち（　　　）　こうえんへ　いきました。
　　　　　1　と　　　　2　を　　　3　は　　　4　や

（かいとうようし）　┌─────┬──────────────┐
　　　　　　　　　　│（れい）│　●　①　③　④　│
　　　　　　　　　　└─────┴──────────────┘

① まりさんの　うちは　かわの　そば（　　　）　あります。
　　1　が　　　　　2　に　　　　　3　で　　　　　4　へ

② あれは　にほん（　　　）　くるまです。
　　1　の　　　　　2　は　　　　　3　が　　　　　4　と

③ テレビを　見て（　　　）、しゅくだいを　します。
　　1　あと　　　　2　さき　　　　3　より　　　　4　から

④ 毎日　よる　8時（　　　）　べんきょうします。
　　1　で　　　　　2　まえ　　　　3　まで　　　　4　では

⑤ なつやすみに　アメリカへ　りょこう（　　　）　行きます。
　　1　を　　　　　2　に　　　　　3　と　　　　　4　は

⑥ A「名前は　何で　かきますか。」
　　B「くろ（　　　）　あおの　ペンで　かいて　ください。」
　　1　で　　　　　2　の　　　　　3　か　　　　　4　も

⑦ （　　　）　とき、いっしょに　出かけませんか。
　　1　ひまです　　2　ひまだ　　　3　ひまの　　　4　ひまな

8 きょねんは　1かい（　　　）　きょうとへ　行きました。

1　とき　　　　　2　いつ　　　　3　だけ　　　　　4　から

9 A「この　ペンは　（　　　）ですか。」

B「あ、わたしのです。」

1　どこの　　　　　2　いつの　　　　3　だれの　　　　　4　なんの

10 田中先生「時間です。テストは　おわりです。」

マリア「先生、ケンさんが　まだ　（　　　）。」

田中先生「ケンさん、おわりですよ。テストを　出して　ください。」

1　かいて　います　　　　　　　2　かきません

3　かきました　　　　　　　　　4　かきませんでした

11 A「スミスさんは　（　　　）　人ですか。」

B「とても　やさしい　人です。」

1　なに　　　　　2　どんな　　　　3　どう　　　　　4　だれ

12 国へ　帰る　（　　　）、おみやげを　買います。

1　まえは　　　　　2　まえに　　　3　あとは　　　　4　あとに

13 国では　日本語を　（　　　）　べんきょう　しませんでした。

1　ぜんぜん　　　　2　ちょうど　　3　もういちど　　4　とても

14 いえの　なかには　だれも　（　　　）。

1　います　　　　　2　あります　　3　いません　　　4　ありません

15 A「12時です。昼ごはんを　（　　　　）。」

B「そうですね。じゃあ、あと　10分　しごとを　して、そのあとで　食べましょう。」

1　食べませんか　　　　　　　　2　食べましたか

3　食べたからです　　　　　　　4　食べたくないです

16 店の人「オレンジジュースと　ハンバーガー　ふたつ　ですね。ぜんぶで　450円です。」

中田「え、すみません。（　　　　）。」

店の人「450円です。」

1　どちらですか　　　　　　　　2　なんじですか

3　どなたですか　　　　　　　　4　いくらですか

もんだい2　　★　に　入る　ものは　どれですか。1・2・3・4から　いちばん
　　　　　　いい　ものを　一つ　えらんで　ください。

（もんだいれい）
　　A「いつ　＿＿＿＿　＿＿＿＿　★　＿＿＿＿　か。」
　　B「3月です。」
　　1　くに　　　　2　へ　　　　3　ごろ　　　　4　かえります

（こたえかた）
1.　ただしい　文を　つくります。

　　┌─────────────────────────────────┐
　　│　　A「いつ　＿＿＿＿＿＿　＿＿＿＿＿＿　★　＿＿＿＿　か。」　　│
　　│　　　　　3　ごろ　　1　くに　　2　へ　4　かえります　　　　│
　　│　　B「3月です。」　　　　　　　　　　　　　　　　　　　　　│
　　└─────────────────────────────────┘

2.　　★　に　入る　ばんごうを　くろく　ぬります。

　　　　　　（かいとうようし）　┌────┬──────────┐
　　　　　　　　　　　　　　　│（れい）│ ①　● ③　④ │
　　　　　　　　　　　　　　　└────┴──────────┘

17　わたしの　へや　＿＿＿＿　＿＿＿＿　★　＿＿＿＿　ひろいです。
　　1　が　　　　　2　は　　　　　3　です　　　　4　ふるい

18　これは　＿＿＿＿　＿＿＿＿　★　＿＿＿＿　ありません。
　　1　の　　　　　2　ことし　　　3　じゃ　　　　4　カレンダー

19　村田「キムさんの　＿＿＿＿　＿＿＿＿　★　＿＿＿＿　何ですか。」
　　キム「かぞくです。」
　　1　たいせつな　　2　は　　　　3　もの　　　　4　いちばん

20 わたしの　いもうと ＿＿＿＿ ＿＿＿＿ ＿★＿ ＿＿＿＿ です。

1　ながい　　　　2　かみ　　　　　3　が　　　　　　4　は

21 この　しゅくだいは ＿＿＿＿ ＿＿＿＿ ＿★＿ ＿＿＿＿ ください。

1　まで　　　　　2　火曜日　　　　3　出して　　　　4　に

もんだい3　22 から 26 に 何を 入れますか。ぶんしょうの いみを かんがえて、1・2・3・4から いちばん いい ものを 一つ えらんで ください。

リンさんと ソウさんは 「夏休み」の さくぶんを 書いて、クラスの みんなの 前で読みます。

(1)　リンさんの　さくぶん

夏休みに 友だちと 海に 行きました。わたしの 町から 海まで、電車で 2時間ぐらい かかりました。海には、人が 22 いました。わたしたちは 海で およいだり、ボールで あそんだり しました。海の 中は、水が とても きれいで、小さい さかなも いました。来年も 友だちと 海に 23 。

(2)　ソウさんの　さくぶん

夏休みは とても あつかったです。わたしは あついのが きらいですから、24 出かけませんでした。学校が ある 日は 勉強が いそがしいです。25 、夏休みは 時間が ありましたから、わたしは 毎日 うちで アニメを 見ました。ずっと 見たかった アニメです。みなさんは アニメが 好きですか。こんど わたしと いっしょに アニメを 26 。

22

　　1　よく　　　　　　2　これから　　3　たくさん　　　　4　もうすぐ

23

　　1　行きたいです　　　　　　　　2　行きません
　　3　行って　います　　　　　　　4　行きました

24

　　1　すぐ　　　　　　2　あまり　　　3　よく　　　　　　4　すこし

25

　　1　でも　　　　　　2　だから　　　3　それから　　　　4　それに

26

　　1　見ましょう　　　　　　　　　2　見ないで　ください
　　3　見て　いましたか　　　　　　4　見ませんでしたか

もんだい4　つぎの　(1)から　(3)の　ぶんしょうを　読んで、しつもんに　こたえて
　　　　　ください。こたえは、1・2・3・4から　いちばん　いい　ものを
　　　　　一つ　えらんで　ください。

(1)
　今日　学校の　前に　本やへ　行きました。でも、わたしが　読みたい　本は
ありませんでした。それから、図書館へ　行って、本を　かりました。かりた本を
きょうしつで　少し　読みました。この　本は　来月　図書館に　かえします。

27 「わたし」は　今日　何を　しましたか。
　　1　本やで　本を　買いました。
　　2　図書館で　本を　読みました。
　　3　図書館に　本を　かえしました。
　　4　学校で　本を　読みました。

(2)

（学校で）

学生が　この　紙を　見ました。

学生の　みなさんへ

来週の　月曜日は　かんじの　テストです。テストは　10時40分から、

142きょうしつで　します。

9時から　10時35分までは　141きょうしつで　ぶんぽうの　じゅぎょうを

します。

じゅぎょうの　あと、141きょうしつで　待っていて　ください。先生が

名前を　よびに　行きます。

---

28 テストの　日、学生は　何を　しますか。

1　9時に　学校へ　行って、じゅぎょうの　あと、先生を　待ちます。

2　9時に　学校へ　行って、テストの　あと、みんなで　142きょうしつに　行きます。

3　10時40分に　学校へ　行って、142きょうしつで　テストを　します。

4　10時40分に　学校へ　行って、141きょうしつで　先生を　待ちます。

(3)

吉田さんから　ファンさんに　メールが　来ました。

ファンさん

　きのう　家族から　くだものを　もらいましたから、ファンさんに　あげたいです。ファンさんの　へやに　持って　行っても　いいですか。ファンさんが　へやに　いる時間を　教えて　ください。

　わたしは　今日　夕方まで　学校が　ありますが、そのあとは　ひまです。あしたの　夜は　アルバイトが　ありますが、昼まで　なら　いつでも　だいじょうぶです。

吉田

---

29 吉田さんは　いつ　時間が　ありますか。
1　今日の　夜、あしたの　朝
2　今日の　夜、あしたの　夜
3　今日の　昼、あしたの　昼
4　あしたの　朝、あしたの　夜

もんだい5　つぎの　ぶんしょうを　読んで、しつもんに　こたえて　ください。
　　　　　こたえは、1・2・3・4から　いちばん　いい　ものを　一つ
　　　　　えらんで　ください。

これは　ワンさんが　書いた　さくぶんです。

日本の　テレビ

ワン・チェン

　わたしは　先月、友だちに　テレビを　もらいました。大きい　テレビです。日本に　来て　はじめて　テレビを　見ました。ニュースを　見ましたが、日本語が　むずかしくて　ぜんぜん　わかりませんでした。

　先週、テレビで　わたしの　町の　ニュースを　見ました。わたしの　町のおまつりの　ニュースでした。日本語は　むずかしかったですが、少しわかりました。とても　うれしかったです。

　わたしは、毎朝　テレビで　ニュースを　見て、ニュースの　日本語をおぼえます。学校の　教科書に　ない　ことばも　おぼえます。日本語の　勉強が　できますから、とても　いいです。学校へ　行くときは、電車の中で　スマホで　国の　ニュースを　見ます。国の　ニュースはよく　わかりますから、たのしいです。

　あしたは　学校が　休みですから、友だちが　わたしの　うちへ　来ます。友だちと　いっしょに　テレビで　日本の　ニュースを　見て　新しい　ことばを　勉強します。

---

30 どうして　うれしかったですか。

　　1　大きい　テレビを　もらったから

　　2　日本で　はじめて　テレビを　見たから

　　3　おまつりが　たのしかったから

　　4　日本の　ニュースが　少し　わかったから

31 ワンさんは　あした　友だちと　何を　しますか。

　　1　スマホで　国の　ニュースを　見ます。

　　2　テレビで　日本の　ニュースを　見ます。

　　3　教科書の　勉強を　します。

　　4　電車で　学校へ　行きます。

もんだい6　右の　ページを　見て、下の　しつもんに　こたえて　ください。
　　　　　　こたえは、1・2・3・4から　いちばん　いい　ものを　一つ　えらん
　　　　　　で　ください。

32 田中さんは　友だちと　いっしょに　スポーツが　したいです。田中さんは　月曜日から金曜日まで　学校と　アルバイトが　ありますから、スポーツは　できません。休みの　日の　午前中は　べんきょうを　します。田中さんは　どの　スポーツを　しますか。

1　サッカー

2　バスケットボール

3　バレーボール

4　テニス

さくら市　スポーツクラブの　お知らせ

さくら市の　スポーツクラブを　しょうかいします。
みんなで　スポーツを　しませんか。

★さくらFC
金曜日の　夜に　サッカーを　します。
子どもから　おとなまで　いろいろな　人が　います！

★SAKURAバスケットチーム
土曜日の　10時から　12時まで　バスケットボールを　しています。
友だちも　たくさん　できますよ！

★バレーボールクラブ
日曜日の　夕方に　たのしく　バレーボールを　しましょう！
バレーボールを　したい人は　だれでも　だいじょうぶです！

★サクラテニス
毎週、日曜日の　朝に　テニスを　します。
はじめての　人にも　やさしく　おしえます！

N5
ちょうかい
聴解
（30分）

N5_Listening_
Test02

注　意
Notes

1. 試験が始まるまで、この問題用紙を開けないでください。

   Do not open this question booklet until the test begins.

2. この問題用紙を持って帰ることはできません。

   Do not take this question booklet with you after the test.

3. 受験番号と名前を下の欄に、受験票と同じように書いてください。

   Write your examinee registration number and name clearly in each box below as written on your test voucher.

4. この問題用紙は、全部で14ページあります。

   This question booklet has 14 pages.

5. この問題用紙にメモをとってもいいです。

   You may make notes in this question booklet.

じゅけんばんごう 受験番号　Examinee Registration Number	

なまえ 名前　Name	

もんだい1　🔊 N5_2_02

　もんだい1では、はじめに　しつもんを　きいて　ください。それから　はなし
をきいて、もんだいようしの　1から4の　なかから、いちばん　いい　ものを
ひとつえらんで　ください。

れい　🔊 N5_2_03

1　どうぶつえん
2　えいがかん
3　くうこう
4　でんしゃの　えき

1ばん 🔊 N5_2_04

1

なまえ	John Brown
じゅうしょ	とうきょうとしんじゅくく 東京都新宿区X-X-X
でんわばんごう	090-XXXX-XXXX

2

なまえ	ジョン・ブラウン
じゅうしょ	とうきょうとしんじゅくく 東京都新宿区X-X-X
でんわばんごう	090-XXXX-XXXX

3

なまえ	John Brown
じゅうしょ	トウキョウトシンジュクク 東京都新宿区X-X-X
でんわばんごう	090-XXXX-XXXX

4

なまえ	ジョン・ブラウン
じゅうしょ	トウキョウトシンジュクク 東京都新宿区X-X-X
でんわばんごう	090-XXXX-XXXX

2ばん 🔊 N5_2_05

1

2

3

4

3ばん　🔊 N5_2_06

4ばん　🔊 N5_2_07

1
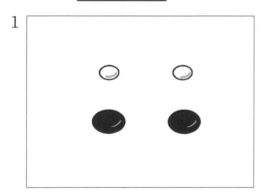

2
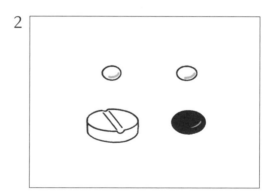

3
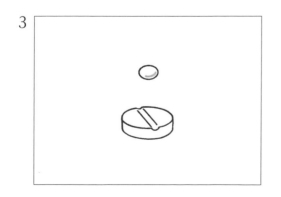

4
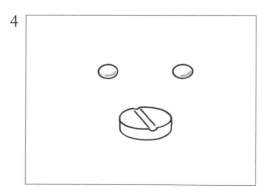

5ばん 🔊 N5_2_08

1 どようびの　ひる
2 どようびの　よる
3 にちようびの　ひる
4 にちようびの　よる

6ばん 🔊 N5_2_09

1 きょうしつで　しゅくだいを　します
2 せんせいに　でんわを　します
3 せんせいが　いる　クラスに　いきます
4 せんせいの　つくえに　しゅくだいを　おきます

1

2

3

4

もんだい2 🔊 N5_2_11

もんだい2では、はじめに　しつもんを　きいて　ください。それから　はなし
を　きいて、もんだいようしの　1から4の　なかから、いちばん　いい　ものを
ひとつえらんで　ください。

れい 🔊 N5_2_12

1　きょうの　3じ
2　きょうの　3じはん
3　あしたの　9じ
4　あしたの　10じ

1ばん 🔊 N5_2_13

1

2

3

4

2ばん 🔊 N5_2_14

1　230えん

2　240えん

3　300えん

4　320えん

3ばん　N5_2_15

1

2

3

4

4ばん　N5_2_16

1

2
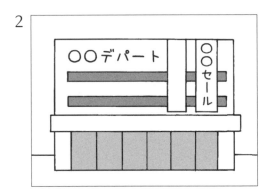

3

4
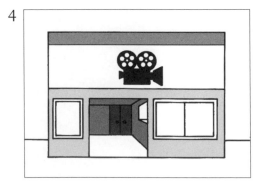

5ばん　🔊 N5_2_17

1　げつようび
2　かようび
3　すいようび
4　もくようび

6ばん　🔊 N5_2_18

1　二人
2　三人
3　四人
4　五人

もんだい3

もんだい3では、えを　みながら　しつもんを　きいて　ください。

➡ (やじるし)の　ひとは　なんと　いいますか。1から3の　なかから、いちばん
いい　ものを　ひとつ　えらんで　ください。

れい 🔊 N5_2_20

1ばん　N5_2_21

2ばん　N5_2_22

3ばん 🔊 N5_2_23

4ばん 🔊 N5_2_24

もんだい4　🔊 N5_2_26

　もんだい4は、えなどが　ありません。ぶんを　きいて、1から3の　なかから、いちばん　いい　ものを　ひとつ　えらんで　ください。

れい　🔊 N5_2_27

1ばん　🔊 N5_2_28

2ばん　🔊 N5_2_29

3ばん　🔊 N5_2_30

4ばん　🔊 N5_2_31

5ばん　🔊 N5_2_32

6ばん　🔊 N5_2_33

N5
げんごちしき（もじ・ごい）
（25ふん）

ちゅうい
Notes

1. しけんが　はじまるまで、この　もんだいようしを　あけないで　ください。
   Do not open this question booklet until the test begins.

2. この　もんだいようしを　もって　かえる　ことは　できません。
   Do not take this question booklet with you after the test.

3. じゅけんばんごうと　なまえを　したの　らんに、じゅけんひょうと
   おなじように　かいて　ください。
   Write your examinee registration number and name clearly in each box
   below as written on your test voucher.

4. この　もんだいようしは、ぜんぶで　8ページ　あります。
   This question booklet has 8 pages.

5. もんだいには　かいとうばんごうの　1 、 2 、 3 … が　あります。
   かいとうは、かいとうようしに　ある　おなじ　ばんごうの　ところに
   マークして　ください。
   One of the row numbers 1 , 2 , 3 … is given for each question. Mark
   your answer in the same row of the answer sheet.

じゅけんばんごう　Examinee Registration Number	

なまえ　Name	

もんだい1　＿＿＿の　ことばは　ひらがなで　どう　かきますか。
　　　　　　1・2・3・4から　いちばん　いい　ものを　ひとつ　えらんで
　　　　　　ください。

（れい）その　こどもは　小さいです。
　　　　　1　ちさい　　　　2　ちいさい　　　　3　じさい　　　　4　じいさい

（かいとうようし）　┌─────┬─────────────┐
　　　　　　　　　　│（れい）│　①　●　③　④　│
　　　　　　　　　　└─────┴─────────────┘

---

1 7じに　うちへ　帰ります。
　　1　かいります　　　2　かえります　　　3　もどります　　　4　もとります

2 いっしょに　お茶を　のみませんか。
　　1　みす　　　　　　2　みず　　　　　　3　ちゃ　　　　　　4　ぢゃ

3 自転車で　こうえんへ　いきます。
　　1　じでんしゃ　　　2　じてんしゃ　　　3　じどうしゃ　　　4　じとうしゃ

4 きょうは　暑い　ですね。
　　1　さむい　　　　　2　さぶい　　　　　3　あづい　　　　　4　あつい

5 このケーキは　六百円です。
　　1　ろくひゃく　　　2　ろっひゃく　　　3　ろくびゃく　　　4　ろっぴゃく

6 あねは　1989ねんに　生まれました。
　　1　うまれました　　2　いまれました　　3　きまれました　　4　くまれました

7 毎月 えいがを みます。
1 まいがつ　　　2 まいつき　　　　3 めいがつ　　　4 めいつき

8 この コートは すこし 長いです。
1 ひろい　　　　2 せまい　　　　　3 ながい　　　　4 みじかい

9 赤い セーターを かいたいです。
1 あおい　　　　2 あかい　　　　　3 しろい　　　　4 くろい

10 花火を みに いきます。
1 はねひ　　　　2 はねび　　　　　3 はなひ　　　　4 はなび

11 この へやは 明るい です。
1 あかるい　　　2 あきるい　　　　3 あくるい　　　4 あけるい

12 テレビの 音を おおきく します。
1 おと　　　　　2 こえ　　　　　　3 いろ　　　　　4 あじ

もんだい2 ＿＿＿の ことばは どう かきますか。1・2・3・4から
いちばん いい ものを ひとつ えらんで ください。

（れい）この テレビは すこし やすいです。
　　　　1　低い　　　2　暗い　　　3　安い　　　4　悪い

（かいとうようし）　┌─────┬──────────────┐
　　　　　　　　　　│（れい）│ ①　②　●　④ │
　　　　　　　　　　└─────┴──────────────┘

13 なまえを ぼーるぺんで かいて ください。
　　1　ボーレペン　　　　　　　　　　2　ボールペン
　　3　ボーレペシ　　　　　　　　　　4　ボールペシ

14 あまり げんきじゃ ありません。
　　1　干気　　　　2　元気　　　　3　干汽　　　　4　元汽

15 わたしは あさ しんぶんを よみます。
　　1　書みます　　　2　話みます　　　3　買みます　　　4　読みます

16 あした あにに あいます。
　　1　父　　　　2　兄　　　　3　弟　　　　4　母

17 でんしゃで がっこうへ いきます。
　　1　雷車　　　2　雷話　　　3　電車　　　4　電話

18 いもうとは しょうがくせいです。
　　1　小学生　　　2　中学生　　　3　高校生　　　4　大学生

19 わたしの まちには おおきな えいがかんが あります。

1 駅 2 市 3 町 4 村

20 かいしゃまで あるいて いきます。

1 会仕 2 会社 3 公仕 4 公社

もんだい3 （　　　）に　なにが　はいりますか。1・2・3・4から　いちばん
　　　　　いい　ものを　ひとつ　えらんで　ください。

（れい）きのう　サッカーを　（　　　）しました。
　　　1　れんしゅう　　　　2　こしょう
　　　3　じゅんび　　　　　4　しゅうり

（かいとうようし）　| （れい） | ● ② ③ ④ |

（右側）

21　にほんりょうりの　（　　　）で　ばんごはんを　たべました。
　　　1　メートル　　　　　　　　　　2　サングラス
　　　3　レストラン　　　　　　　　　4　ハンサム

22　としょかんへ　ほんを　（　　　）いきました。
　　　1　かえりに　　　　2　かえしに　　　　3　あそびに　　　　4　わすれに

23　この　まちは　いろいろな　みせが　ありますから、（　　　）です。
　　　1　へた　　　　　　2　じょうず　　　　3　しずか　　　　4　べんり

24　インフルエンザの　ときは、くすりを　（　　　）ください。
　　　1　のんで　　　　　2　たべて　　　　　3　やんで　　　　4　よんで

25　ぎゅうにゅうを　7（　　　）ください。
　　　1　まい　　　　　　2　こ　　　　　　　3　さつ　　　　　4　ほん

26　ゆうがたから　あめですから、かさを　（　　　）でかけます。
　　　1　もって　　　　　2　かいて　　　　　3　きて　　　　　4　して

27　（　　　）の　たんじょうびに　カメラを　もらいました。
　　　1　らいげつ　　　　2　きょねん　　　　3　あさって　　　　4　こんばん

第3回

文字・語彙

28 30ぷん　まえから　ともだちを　（　　　）いますが、きません。

1　かって　　　　　2　とって　　　　　　3　まって　　　　　4　あって

29 ほんやの　となりに　（　　　）が　ありますか。

1　なに　　　　　　2　いつ　　　　　　　3　どこ　　　　　　4　だれ

30 よるは　いつも　10じに　おふろに　（　　　　）。

1　きります　　　　2　いります　　　　　3　あびます　　　　4　はいります

もんだい4 ＿＿＿の ぶんと だいたい おなじ いみの ぶんが あります。
1・2・3・4から いちばん いい ものを ひとつ えらんで
ください。

___

(れい) わたしは にほんごの ほんが ほしいです。

    1 わたしは にほんごの ほんを もって います。

    2 わたしは にほんごの ほんが わかります。

    3 わたしは にほんごの ほんを うって います。

    4 わたしは にほんごの ほんを かいたいです。

(かいとうようし)　| (れい) | ① ② ③ ● |

___

31 がっこうは きのうから あさってまで やすみです。

    1 がっこうは ふつかかん やすみです。

    2 がっこうは みっかかん やすみです。

    3 がっこうは よっかかん やすみです。

    4 がっこうは いつかかん やすみです。

32 しゅうまつは ひまじゃ ありませんでした。

    1 しゅうまつは きれいでした。

    2 しゅうまつは にぎやかでした。

    3 しゅうまつは たのしかったです。

    4 しゅうまつは いそがしかったです。

33 あには えいごの きょうしです。

    1 あには えいごを おしえて います。

    2 あには えいごを ならって います。

    3 あには えいごを べんきょうして います。

    4 あには えいごを よんで います。

34 つまは　およぐのが　じょうずじゃ　ありません。

   1　つまは　およぐのが　きらいです。

   2　つまは　およぐのが　すきです。

   3　つまは　およぐのが　へたです。

   4　つまは　およぐのが　かんたんです。

35 はははは　いもうとに　かばんを　かしました。

   1　はははは　いもうとに　かばんを　あげました。

   2　はははは　いもうとに　かばんを　かりました。

   3　いもうとは　ははに　かばんを　あげました。

   4　いもうとは　ははに　かばんを　かりました。

N5

言語知識（文法）• 読解

（50ぷん）

注意
Notes

1. 試験が始まるまで、この問題用紙をあけないでください。
   Do not open this question booklet until the test begins.

2. この問題用紙を持ってかえることはできません。
   Do not take this question booklet with you after the test.

3. 受験番号となまえをしたの欄に、受験票とおなじようにかいてください。
   Write your examinee registration number and name clearly in each box below as written on your test voucher.

4. この問題用紙は、全部で15ページあります。
   This question booklet has 15 pages.

5. 問題には解答番号の ⌐1¬、 ⌐2¬、 ⌐3¬ … があります。
   解答は、解答用紙にあるおなじ番号のところにマークしてください。
   One of the row numbers ⌐1¬, ⌐2¬, ⌐3¬ … is given for each question. Mark your answer in the same row of the answer sheet.

受験番号　Examinee Registration Number	

なまえ Name	

もんだい1　（　　　）に　何を　入れますか。1・2・3・4から　いちばん
　　　　　　いい　ものを　一つ　えらんで　ください。

（れい）きのう　ともだち（　　　　）　こうえんへ　いきました。
　　　　　1　と　　　2　を　　　3　は　　　4　や

（かいとうようし）　　| （れい） | ● | ① | ③ | ④ |

---

1 これは　フランス（　　　　）　かった　かばんです。
　　1　を　　　　　　2　で　　　　　　3　に　　　4　の

2 A「日本語の　じゅぎょうは　いつ　ありますか。」
　　B「月曜日と　水曜日（　　　　）　あります。」
　　1　で　　　　　　2　に　　　　　　3　が　　　4　を

3 ぎんこうと　スーパー（　　　　）　あいだに、かいしゃが　あります。
　　1　と　　　　　　2　で　　　　　　3　の　　　4　に

4 田中先生は　しんせつ（　　　　）　おもしろい　人です。
　　1　で　　　　　　2　し　　　　　　3　て　　　4　と

5 その　ビルを　右（　　　　）　まがって　ください。
　　1　まで　　　　　2　では　　　　　3　に　　　4　を

6 国の　友だち（　　　　）　でんわを　かけます。
　　1　に　　　　　　2　や　　　　　　3　で　　　4　を

文法

7 A「えいがは 何時（　　　）ですか。」

B「あと　5分で　はじまりますよ。」

1 まで　　　　　　　2 ほど　　　　　　3 から　　　　　4 だけ

8 林さんは　コーヒーを　のみましたが、わたしは　こうちゃ（　　　）しました。

1 に　　　　　　　　2 が　　　　　　　　3 を　　　　　　4 の

9 ごはんを　たべた（　　　）くすりを　のみます。

1 まえに　　　　　　2 のまえに　　　　　3 あとで　　　　4 のあとで

10 てがみを（　　　）とき、ペンを　つかいます。

1 かき　　　　　　　2 かく　　　　　　　3 かいた　　　　4 かいて

11 森「リーさんの　お国は（　　　）ですか。」

リー「ちゅうごくです。」

1 どう　　　　　　　2 どちら　　　　　　3 どなた　　　　4 どんな

12 A「昼ごはんを　食べましたか。」

B「いいえ。（　　　）です。」

1 もう　　　　　　　2 まだ　　　　　　　3 よく　　　　　4 あと

13 A「いい　しゃしんですね。（　　　）とりましたか。」

B「わたしです。」

1 だれは　　　　　　2 だれに　　　　　　3 だれが　　　　4 だれと

14 わたしは　えいがを　見る（　　　）が　すきです。

1 こと　　　　　　　2 もの　　　　　　　3 そこ　　　　　4 どれ

15 A「こんどの　日曜日、こうえんで　おまつりが　ありますよ。いっしょに　（　　　　）。」

B「いいですね。行きたいです。」

1　行きませんか

2　行って　いますか

3　行きませんでしたか

4　行って　いませんでしたか

16 A「りょこうの　おみやげです。ひとつ　（　　　　）。」

B「ありがとうございます。」

1　ください

2　おねがいします

3　どうぞ

4　ほしいです

もんだい2 ___★___ に 入る ものは どれですか。1・2・3・4から いちばん
いい ものを 一つ えらんで ください。

（もんだいれい）

A「いつ _____ _____ ___★___ _____ か。」

B「3月です。」

　1　くに　　　　2　へ　　　　　3　ごろ　　　　　4　かえります

（こたえかた）

1. ただしい 文を つくります。

```
A「いつ _____ _____ ___★___ _____ か。」
          3　ごろ　　　1　くに　　2　へ　　4　かえります
B「3月です。」
```

2. ___★___ に 入る ばんごうを くろく ぬります。

（かいとうようし）　　| （れい） | ① | ● | ③ | ④ |

---

17 あには わたし _____ _____ ___★___ _____ です。

　1　高い　　　　　2　せ　　　　　3　より　　　4　が

18 この ふるい _____ _____ ___★___ _____ です。

　1　父　　　　　2　は　　　　　3　の　　　4　かさ

19 A「お母さんの _____ _____ ___★___ _____ か。」

B「はい。もう なおりました。」

　1　なりました　　　　　　　　　2　もう

　3　びょうきは　　　　　　　　　4　よく

106

20 駅の ＿＿＿＿ ＿＿＿＿ ★ ＿＿＿＿ べんりに なりました。

1 スーパーが　　　2 となりに　　　3 大^{おお}きい　　　4 できて

21 ここは わたし ＿＿＿＿ ＿＿＿＿ ★ ＿＿＿＿ です。

1 きのう　　　2 店^{みせ}　　　3 来^きた　　　4 が

もんだい3　　22　から　26　に　何を　入れますか。ぶんしょうの　いみを
　　　　　　かんがえて、1・2・3・4から　いちばん　いい　ものを　一つ
　　　　　　えらんで　ください。

　　ワンさんと　アリさんは　「電車」の　さくぶんを　書いて、クラスの　みんなの　前で　読
みます。

(1)　ワンさんの　さくぶん

　　　　日本の　電車に　はじめて　のったとき、びっくりしました。えきには　人が
たくさん　　22　。みんな　ならんで　電車から　おりる人を　まちます。
そして、前の　人から　ゆっくり　のります。みんな　その　ルールを
まもります。　　23　、きもちよく　電車に　のることが　できます。とても　いい
ことです。

(2)　アリさんの　さくぶん

　　　　わたしの　国の　電車　　24　日本の　電車は、少し　ちがいます。
わたしの　国では、みんな　電車の　中で　よく　話します。だから、とても　う
るさいです。日本人は、電車の　中で　あまり　　25　。しんぶんや
本を　読みます。わたしは　いつも　電車の　中で　スマホ　　26　おんがくを
ききます。みなさんは　電車の　中で　何を　しますか。

22

   1　います　　　　　2　あります　　　　　3　みます　　　　　4　します

23

   1　一番に　　　　　2　そのあと　　　　　3　だから　　　　　4　でも

24

   1　が　　　　　　2　と　　　　　　3　を　　　　　　4　で

25

   1　話して　います　　　　　　　　2　話しましょうか
   3　話しません　　　　　　　　　　4　話したいです

26

   1　へ　　　　　　2　で　　　　　　3　に　　　　　　4　と

文法

もんだい4　つぎの　(1)から　(3)の　ぶんしょうを　読んで、しつもんに　こたえて
　　　　　ください。こたえは、1・2・3・4から　いちばん　いい　ものを
　　　　　一つ　えらんで　ください。

(1)

　わたしは　先週の　火曜日から　金曜日まで　京都に　行きました。火曜日は　お寺を
見たり、買いものを　したり　しました。わたしは　お寺が　好きですから、水曜日も　見に
行きました。木曜日は　映画館で　映画を　見ました。金曜日は　おみやげを　買いました。
とても　たのしかったです。

27　「わたし」が　お寺を　見たのは　何曜日ですか。
　　1　火曜日と　水曜日
　　2　火曜日と　木曜日
　　3　水曜日と　木曜
　　4　水曜日と　金曜日

(2)

図書館に　この　メモが　あります。

図書館を　使う　みなさんへ

今日は　図書館の　本を　かたづけます。本を　かりることは　できません。か
えす　本は　入口の　となりの　ポストに　入れて　ください。

2階の　へやは　午後1時から　5時までです。へやの　入口に　紙が
ありますから、紙に　名前を　書いてから　使って　ください。

中央図書館

---

28 本を　かえしたいです。どうしますか。

1　図書館の　人に　わたします。

2　図書館の　入口の　となりの　ポストに　入れます。

3　2階の　へやに　持って　行きます。

4　紙に　名前を　書いて、机に　おきます。

(3)

（会社で）

ユンさんの　机の　上に、この　メモが　あります。

ユンさん

　　12時15分ごろ　ヤマダ会社の　森さんから　電話が　ありました。
あしたの　会議の　時間を　かえたいと　言って　いました。16時までに
電話を　してください。
　　森さんは　これから　出かけますから、会社では　なくて、森さんの
けいたい電話に　かけて　ください。

　　　　　　　　　　　　　　　　　　　　　　　　　佐藤　12:20

---

29 この　メモを　読んで、ユンさんは　何を　しますか。

1　あした　森さんの　会社に　電話を　します。

2　あした　森さんの　けいたい電話に　電話を　します。

3　16時までに　森さんの　会社に　電話を　します。

4　16時までに　森さんの　けいたい電話に　電話を　します。

もんだい5　つぎの　ぶんしょうを　読んで、しつもんに　こたえて　ください。
　　　　　こたえは、1・2・3・4から　いちばん　いい　ものを　一つ
　　　　　えらんで　ください。

これは　ジェイソンさんが　書いた　さくぶんです。

東京へ　行きました

ジェイソン・パーク

　先週、母が　日本に　来ました。母と　いっしょに　東京へ　行きました。母と　わたしは　日本語が　あまり　できませんから、すこし　こわかったです。

　東京では、レストランや　お店や　お寺など、いろいろな　ところへ行きました。スマホで　電車の　時間を　しらべたり、レストランをさがしたり　しました。レストランの　人は　英語を　話しましたから、よく　わかりました。母は　「来年も　来たい」と　言いました。

　わたしたちが　行った　ところには、外国人が　たくさん　いました。つぎは、外国人が　あまり　行かない　ところへ　行って、日本人と　日本語で話したいです。

---

30 どうして　こわかったですか。

1　はじめて　東京へ　行くから

2　電車の　時間が　わからないから

3　スマホが　ないから

4　日本語が　じょうずじゃ　ないから

31 ジェイソンさんは　今　どう　思って　いますか。

1　日本人と　りょこうを　したいと　思って　います。

2　友だちと　りょこうを　したいと　思って　います。

3　来年も　おなじ　ところへ　行きたいと　思って　います。

4　外国人が　少ない　ところへ　行きたいと　思って　います。

もんだい6　右の　ページを　見て、下の　しつもんに　こたえて　ください。
こたえは、1・2・3・4から　いちばん　いい　ものを　一つ　えらん
でください。

32 ナオさんは　10時半から　12時半まで　あおばまつりに　行きます。ナオさんは　1,000円
持って　います。どの　店で　買いものを　しますか。

1　くだものの　ケーキ

2　おもちゃ

3　こどもの　ふく

4　やさい

あおばまつり

ぜひ 来(き)て ください!

日(ひ)にち：9月(がつ)12日(にち)（土(ど)）
ばしょ：中央公園(ちゅうおうこうえん)
時間(じかん)：9時(じ)から 15時(じ)まで

くだものの ケーキ

- 9時(じ)から 11時(じ)まで
- 1つ 300円(えん)

いろいろな くだものの
ケーキを うって います。

おもちゃ

- 11時(じ)から 15時(じ)まで
- 1つ 1,200円(えん)

子(こ)どもも おとなも すきな
おもちゃを うって います。

こどもの ふく

- 13時(じ)から 14時(じ)まで
- 1つ 1,000円(えん)

かわいい ふくを
うって います。

やさい

- 14時(じ)から 15時(じ)まで
- 1つ 150円(えん)

おいしい やさいを
うって います。

N5
ちょうかい
聴解
（30分）

N5_Listening_
Test03

注　意
Notes

1. 試験が始まるまで、この問題用紙を開けないでください。
   Do not open this question booklet until the test begins.

2. この問題用紙を持って帰ることはできません。
   Do not take this question booklet with you after the test.

3. 受験番号と名前を下の欄に、受験票と同じように書いてください。
   Write your examinee registration number and name clearly in each box
   below as written on your test voucher.

4. この問題用紙は、全部で14ページあります。
   This question booklet has 14 pages.

5. この問題用紙にメモをとってもいいです。
   You may make notes in this question booklet.

じゅけんばんごう 受験番号　Examinee Registration Number	

なまえ 名前　Name	

もんだい1 🔊 N5_3_02

　もんだい1では、はじめに　しつもんを　きいて　ください。それから　はなし
を　きいて、もんだいようしの　1から4の　なかから、いちばん　いい　ものを
ひとつ　えらんで　ください。

れい 🔊 N5_3_03

1　どうぶつえん
2　えいがかん
3　くうこう
4　でんしゃの　えき

1ばん　🔊 N5_3_04

1

2

3
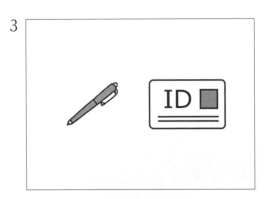

4

2ばん　🔊 N5_3_05

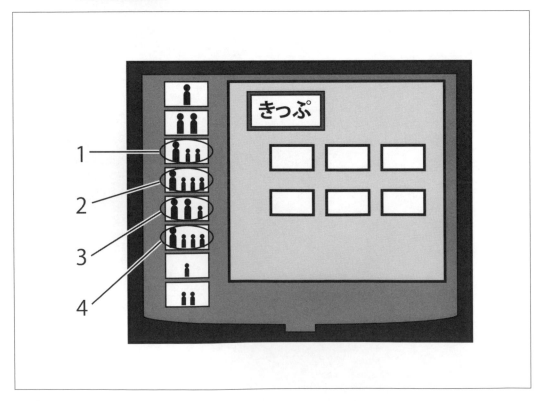

3ばん 🔊 N5_3_06

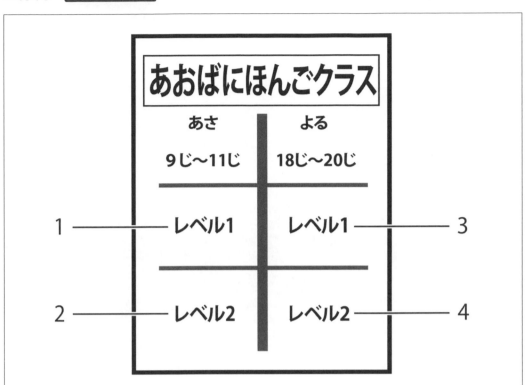

あおばにほんごクラス

	あさ	よる	
	9じ～11じ	18じ～20じ	
1	レベル1	レベル1	3
2	レベル2	レベル2	4

4ばん 🔊 N5_3_07

1

2

3

4

5ばん　🔊 N5_3_08

1　1ばんの　バス
2　2ばんの　バス
3　1ばんせんの　でんしゃ
4　2ばんせんの　でんしゃ

6ばん　🔊 N5_3_09

1　げつようび
2　かようび
3　すいようび
4　もくようび

1

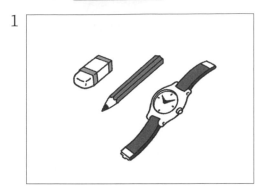

2

3

4

もんだい2　🔊 N5_3_11

　もんだい2では、はじめに　しつもんを　きいて　ください。それから　はなし
を　きいて、もんだいようしの　1から4の　なかから、いちばん　いい　ものを
ひとつ　えらんで　ください。

れい　🔊 N5_3_12

1　きょうの　3じ
2　きょうの　3じはん
3　あしたの　9じ
4　あしたの　10じ

1ばん 🔊 N5_3_13

1

↓ ↓

日	月	火	水	木	金	土
		1	2	3	4	5	6

日 にち	月 げつ	火 か	水 すい	木 もく	金 きん	土 ど
	1	2	3	4	5	6
7	8	9	10	11	12	13
14	15	16	17	18	19	20
21	22	23	24	25	26	27
28	29	30	31			

2

↓ ↓ ↓

日 にち	月 げつ	火 か	水 すい	木 もく	金 きん	土 ど
	1	2	3	4	5	6
7	8	9	10	11	12	13
14	15	16	17	18	19	20
21	22	23	24	25	26	27
28	29	30	31			

3

↓

日 にち	月 げつ	火 か	水 すい	木 もく	金 きん	土 ど
	1	2	3	4	5	6
7	8	9	10	11	12	13
14	15	16	17	18	19	20
21	22	23	24	25	26	27
28	29	30	31			

4

↓ ↓

日 にち	月 げつ	火 か	水 すい	木 もく	金 きん	土 ど
	1	2	3	4	5	6
7	8	9	10	11	12	13
14	15	16	17	18	19	20
21	22	23	24	25	26	27
28	29	30	31			

2ばん 🔊 N5_3_14

1　いちごの　ケーキ

2　りんごの　ケーキ

3　チーズケーキ

4　チョコレートケーキ

3ばん 🔊 N5_3_15

1

2

3

4

4ばん 🔊 N5_3_16

1

2

3

4

5ばん　🔊 N5_3_17

1　1かい
2　2かい
3　3かい
4　4かい

6ばん　🔊 N5_3_18

1　えいがを　みました
2　かいものを　しました
3　りょうりを　しました
4　パーティーに　いきました

もんだい3 🔊 N5_3_19

もんだい3では、えを みながら しつもんを きいて ください。

➡（やじるし）の ひとは なんと いいますか。1から3の なかから、いちばん
いい ものを ひとつ えらんで ください。

れい 🔊 N5_3_20

1ばん N5_3_21

2ばん N5_3_22

3ばん　🔊 N5_3_23

4ばん　🔊 N5_3_24

もんだい４ 🔊 N5_3_26

　もんだい4は、えなどが　ありません。ぶんを　きいて、1から3の　なかから、いちばん　いい　ものを　ひとつ　えらんで　ください。

れい 🔊 N5_3_27

1ばん 🔊 N5_3_28

2ばん 🔊 N5_3_29

3ばん 🔊 N5_3_30

4ばん 🔊 N5_3_31

5ばん 🔊 N5_3_32

6ばん 🔊 N5_3_33

ごうかくもし かいとうようし

N5 げんごちしき (もじ・ごい)

じゅけんばんごう
Examinee Registration Number

なまえ
Name

〈ちゅうい Notes〉

1. くろいえんぴつ (HB、No.2) でか
   いてください。
   Use a black medium soft (HB or No.2)
   pencil.
   (ペンやボールペンではかかないでく
   ださい。)
   (Do not use any kind of pen.)

2. かきなおすときは、けしゴムできれ
   いにけしてください。
   Erase any unintended marks completely.

3. きたなくしたり、おったりしないでく
   ださい。
   Do not soil or bend this sheet.

4. マークれい Marking Examples

よいれい Correct Example	わるいれい Incorrect Examples
●	⊗ ◯ ⊘ ◑ ⊖ ●

もんだい1

1	①	②	③	④
2	①	②	③	④
3	①	②	③	④
4	①	②	③	④
5	①	②	③	④
6	①	②	③	④
7	①	②	③	④
8	①	②	③	④
9	①	②	③	④
10	①	②	③	④
11	①	②	③	④
12	①	②	③	④

もんだい2

13	①	②	③	④
14	①	②	③	④
15	①	②	③	④
16	①	②	③	④
17	①	②	③	④
18	①	②	③	④
19	①	②	③	④
20	①	②	③	④

もんだい3

21	①	②	③	④
22	①	②	③	④
23	①	②	③	④
24	①	②	③	④
25	①	②	③	④
26	①	②	③	④
27	①	②	③	④
28	①	②	③	④
29	①	②	③	④
30	①	②	③	④

もんだい4

31	①	②	③	④
32	①	②	③	④
33	①	②	③	④
34	①	②	③	④
35	①	②	③	④

ごうかくもし かいとうようし

N5 げんごちしき (ぶんぽう)・どっかい

じゅけんばんごう
Examinee Registration Number

なまえ
Name

〈ちゅうい Notes〉

1. くろいえんぴつ (HB、No.2) で かいてください。
Use a black medium soft (HB or No.2) pencil.
(ペンやボールペンではかかないでください。)
(Do not use any kind of pen.)

2. かきなおすときは、けしゴムできれいにけしてください。
Erase any unintended marks completely.

3. きたなくしたり、おったりしないでください。
Do not soil or bend this sheet.

4. マークれい Marking Examples

よいれい Correct Example	わるいれい Incorrect Examples
●	⊗ ◌ ◯ ◍ ⦵ ◑ ●

もんだい1

	1	2	3	4
1	①	②	③	④
2	①	②	③	④
3	①	②	③	④
4	①	②	③	④
5	①	②	③	④
6	①	②	③	④
7	①	②	③	④
8	①	②	③	④
9	①	②	③	④
10	①	②	③	④
11	①	②	③	④
12	①	②	③	④
13	①	②	③	④
14	①	②	③	④
15	①	②	③	④
16	①	②	③	④

もんだい2

	1	2	3	4
17	①	②	③	④
18	①	②	③	④
19	①	②	③	④
20	①	②	③	④
21	①	②	③	④

もんだい3

	1	2	3	4
22	①	②	③	④
23	①	②	③	④
24	①	②	③	④
25	①	②	③	④
26	①	②	③	④

もんだい4

	1	2	3	4
27	①	②	③	④
28	①	②	③	④
29	①	②	③	④

もんだい5

	1	2	3	4
30	①	②	③	④
31	①	②	③	④

もんだい6

	1	2	3	4
32	①	②	③	④

ごうかくもし かいとうようし

N5 ちょうかい

じゅけんばんごう
Examinee Registration Number

なまえ
Name

第1回

〈ちゅうい Notes〉

1. くろいえんぴつ (HB、No.2) でか
いてください。
Use a black medium soft (HB or No.2)
pencil.
（ペンやボールペンではかかないでく
ださい。）
(Do not use any kind of pen.)

2. かきなおすときは、けしゴムできれ
いにけしてください。
Erase any unintended marks completely.

3. きたなくしたり、おったりしないでく
ださい。
Do not soil or bend this sheet.

4. マークれい Marking Examples

よいれい Correct Example	わるいれい Incorrect Examples
●	⊗ ◌ ◯ ◉ ⊖ ●

もんだい1

	1	2	3	4
れい	①	②	③	●
1	①	②	③	④
2	①	②	③	④
3	①	②	③	④
4	①	②	③	④
5	①	②	③	④
6	①	②	③	④
7	①	②	③	④

もんだい2

	1	2	3	4
れい	①	●	③	④
1	①	②	③	④
2	①	②	③	④
3	①	②	③	④
4	①	②	③	④
5	①	②	③	④
6	①	②	③	④

もんだい3

	1	2	3
れい	●	②	③
1	①	②	③
2	①	②	③
3	①	②	③
4	①	②	③
5	①	②	③

もんだい4

	1	2	3
れい	①	●	③
1	①	②	③
2	①	②	③
3	①	②	③
4	①	②	③
5	①	②	③
6	①	②	③

ごうかくもし かいとうようし

N5 げんごちしき (もじ・ごい)

じゅけんばんごう
Examinee Registration Number

なまえ
Name

〈ちゅうい Notes〉

1. くろいえんぴつ (HB、No.2) でかいてください。
Use a black medium soft (HB or No.2) pencil.
（ペンやボールペンではかかないでください。）
(Do not use any kind of pen.)

2. かきなおすときは、けしゴムできれいにけしてください。
Erase any unintended marks completely.

3. きたなくしたり、おったりしないでください。
Do not soil or bend this sheet.

4. マークれい Marking Examples

よいれい Correct Example	わるいれい Incorrect Examples
●	⊗ ◌ ◍ ◒ ◓ ⊙ ◑

もんだい1

1	①	②	③	④
2	①	②	③	④
3	①	②	③	④
4	①	②	③	④
5	①	②	③	④
6	①	②	③	④
7	①	②	③	④
8	①	②	③	④
9	①	②	③	④
10	①	②	③	④
11	①	②	③	④
12	①	②	③	④

もんだい2

13	①	②	③	④
14	①	②	③	④
15	①	②	③	④
16	①	②	③	④
17	①	②	③	④
18	①	②	③	④
19	①	②	③	④
20	①	②	③	④

もんだい3

21	①	②	③	④
22	①	②	③	④
23	①	②	③	④
24	①	②	③	④
25	①	②	③	④
26	①	②	③	④
27	①	②	③	④
28	①	②	③	④
29	①	②	③	④
30	①	②	③	④

もんだい4

31	①	②	③	④
32	①	②	③	④
33	①	②	③	④
34	①	②	③	④
35	①	②	③	④

ごうかくもし かいとうようし

N5 げんごちしき (ぶんぽう)・どっかい

じゅけんばんごう
Examinee Registration Number

なまえ
Name

〈ちゅうい Notes〉

1. くろいえんぴつ (HB、No.2) でか
   いてください。
   Use a black medium soft (HB or No.2)
   pencil.
   (ペンやボールペンではかかないでく
   ださい。)
   (Do not use any kind of pen.)

2. かきなおすときは、けしゴムできれ
   いにけしてください。
   Erase any unintended marks completely.

3. きたなくしたり、おったりしないでく
   ださい。
   Do not soil or bend this sheet.

4. マークれい Marking Examples

よいれい Correct Example	わるいれい Incorrect Examples
●	⊗ ○ ⊘ ○ ◑ ⊙

もんだい1

	1	2	3	4
1	①	②	③	④
2	①	②	③	④
3	①	②	③	④
4	①	②	③	④
5	①	②	③	④
6	①	②	③	④
7	①	②	③	④
8	①	②	③	④
9	①	②	③	④
10	①	②	③	④
11	①	②	③	④
12	①	②	③	④
13	①	②	③	④
14	①	②	③	④
15	①	②	③	④
16	①	②	③	④

もんだい2

	1	2	3	4
17	①	②	③	④
18	①	②	③	④
19	①	②	③	④
20	①	②	③	④
21	①	②	③	④

もんだい3

	1	2	3	4
22	①	②	③	④
23	①	②	③	④
24	①	②	③	④
25	①	②	③	④
26	①	②	③	④

もんだい4

	1	2	3	4
27	①	②	③	④
28	①	②	③	④
29	①	②	③	④

もんだい5

	1	2	3	4
30	①	②	③	④
31	①	②	③	④

もんだい6

	1	2	3	4
32	①	②	③	④

ごうかくもし かいとうようし

N5 ちょうかい

じゅけんばんごう
Examinee Registration Number

なまえ
Name

〈ちゅうい Notes〉

1. くろいえんぴつ (HB、No.2) でか
   いてください。
   Use a black medium soft (HB or No.2)
   pencil.
   (ペンやボールペンではかかないでく
   ださい。)
   (Do not use any kind of pen.)

2. かきなおすときは、けしゴムできれ
   いにけしてください。
   Erase any unintended marks completely.

3. きたなくしたり、おったりしないでく
   ださい。
   Do not soil or bend this sheet.

4. マークれい Marking Examples

よいれい Correct Example	わるいれい Incorrect Examples
●	⊗ ◯ ◯ ◑ ⊖ ●

もんだい1

れい	①	②	③	●
1	①	②	③	④
2	①	②	③	④
3	①	②	③	④
4	①	②	③	④
5	①	②	③	④
6	①	②	③	④
7	①	②	③	④

もんだい2

れい	①	●	③	④
1	①	②	③	④
2	①	②	③	④
3	①	②	③	④
4	①	②	③	④
5	①	②	③	④
6	①	②	③	④

もんだい3

れい	●	②	③
1	①	②	③
2	①	②	③
3	①	②	③
4	①	②	③
5	①	②	③

もんだい4

れい	①	●	③
1	①	②	③
2	①	②	③
3	①	②	③
4	①	②	③
5	①	②	③
6	①	②	③

ごうかくもし かいとうようし

N5 げんごちしき (もじ・ごい)

第3回

じゅけんばんごう
Examinee Registration Number

なまえ
Name

〈ちゅうい Notes〉

1. くろいえんぴつ (HB、No.2) でかいてください。
   Use a black medium soft (HB or No.2) pencil.
   (ペンやボールペンではかかないでください。)
   (Do not use any kind of pen.)

2. かきなおすときは、けしゴムできれいにけしてください。
   Erase any unintended marks completely.

3. きたなくしたり、おったりしないでください。
   Do not soil or bend this sheet.

4. マークれい Marking Examples

よいれい Correct Example	わるいれい Incorrect Examples
●	⊗ ◌ ◯ ◑ ⊖ ⦸ ●

もんだい1

1	①	②	③	④
2	①	②	③	④
3	①	②	③	④
4	①	②	③	④
5	①	②	③	④
6	①	②	③	④
7	①	②	③	④
8	①	②	③	④
9	①	②	③	④
10	①	②	③	④
11	①	②	③	④
12	①	②	③	④

もんだい2

13	①	②	③	④
14	①	②	③	④
15	①	②	③	④
16	①	②	③	④
17	①	②	③	④
18	①	②	③	④
19	①	②	③	④
20	①	②	③	④

もんだい3

21	①	②	③	④
22	①	②	③	④
23	①	②	③	④
24	①	②	③	④
25	①	②	③	④
26	①	②	③	④
27	①	②	③	④
28	①	②	③	④
29	①	②	③	④
30	①	②	③	④

もんだい4

31	①	②	③	④
32	①	②	③	④
33	①	②	③	④
34	①	②	③	④
35	①	②	③	④

ごうかくもし かいとうようし

N5 げんごちしき (ぶんぽう)・どっかい

じゅけんばんごう
Examinee Registration Number

なまえ
Name

〈ちゅうい Notes〉

1. くろいえんぴつ (HB、No.2) でか いてください。
Use a black medium soft (HB or No.2) pencil.
(ペンやボールペンではかかないでく ださい。)
(Do not use any kind of pen.)

2. かきなおすときは、けしゴムできれ いにけしてください。
Erase any unintended marks completely.

3. きたなくしたり、おったりしないでく ださい。
Do not soil or bend this sheet.

4. マークれい Marking Examples

よいれい Correct Example	わるいれい Incorrect Examples
●	⊗ ◎ ○ ◉ ⊕ ⊖

もんだい1

1	①	②	③	④
2	①	②	③	④
3	①	②	③	④
4	①	②	③	④
5	①	②	③	④
6	①	②	③	④
7	①	②	③	④
8	①	②	③	④
9	①	②	③	④
10	①	②	③	④
11	①	②	③	④
12	①	②	③	④
13	①	②	③	④
14	①	②	③	④
15	①	②	③	④
16	①	②	③	④

もんだい2

17	①	②	③	④
18	①	②	③	④
19	①	②	③	④
20	①	②	③	④
21	①	②	③	④

もんだい3

22	①	②	③	④
23	①	②	③	④
24	①	②	③	④
25	①	②	③	④
26	①	②	③	④

もんだい4

27	①	②	③	④
28	①	②	③	④
29	①	②	③	④

もんだい5

30	①	②	③	④
31	①	②	③	④

もんだい6

32	①	②	③	④

ごうかくもし かいとうようし

N5 ちょうかい

第3回

じゅけんばんごう
Examinee Registration Number

なまえ
Name

もんだい1

	1	2	3	4
れい	①	②	③	●
1	①	②	③	④
2	①	②	③	④
3	①	②	③	④
4	①	②	③	④
5	①	②	③	④
6	①	②	③	④
7	①	②	③	④

もんだい2

	1	2	3	4
れい	①	●	③	④
1	①	②	③	④
2	①	②	③	④
3	①	②	③	④
4	①	②	③	④
5	①	②	③	④
6	①	②	③	④

もんだい3

	1	2	3
れい	●	②	③
1	①	②	③
2	①	②	③
3	①	②	③
4	①	②	③
5	①	②	③

もんだい4

	1	2	3
れい	①	●	③
1	①	②	③
2	①	②	③
3	①	②	③
4	①	②	③
5	①	②	③
6	①	②	③

單字一本＋文法一本，
助你紮實考上所有級數！

網羅近 20 年日檢考試中精選必考 7000 單字

超詳細的文法詞性分類及圖表、例句說明

按照日檢 N5~N1 各級循序編排

無論考哪一級的日檢 JLPT，都能一次就通過！

QR碼行動學習版

N5-N1 新日檢 單字大全

精選出題頻率最高的考用單字，全級數一次通過！

全書音檔一次下載QR碼＋線上音檔隨刷隨聽

金星坤／著　徐瑞羚、呂欣穎／譯

審｜定　文藻外語大學日本語文學系 董莊敬 副教授、義守大學應用日語學系 小堀和彥 講師

適合任何級別的日檢考生

循序漸進、任意跳級，準確滿足各種日檢考前準備

經20餘年研析統計結果，精選各級測驗必考單字

搭配仿真模擬試題，輕鬆自我檢測，紮實拿下合格證書

作者：金星坤

修訂版

N5-N1 新日檢 文法大全

精選出題頻率最高的考用文法，全級數一次通過！

金星坤／著　白松宗／監修　潘采思／譯

審｜定
輔仁大學日本語文學系 馮寶珠 副教授

適合任何級別的日檢考生

常見、不冷僻，準確滿足各種日檢考前準備

最詳盡的文法解釋及例句說明，精選考試必考文法

音索引威力加強，隨翻隨找還能隨查，更適合考前複習

作者：金星坤

挑戰 JLPT 日本語能力測驗的致勝寶典！

日本出版社為非母語人士設計的
完整 N1 ～ N5 應試對策組合繁體中文版
全新仿真模考題，含逐題完整解析，
考過日檢所需要的知識全部都在這一本！

作者：アスク出版編集部

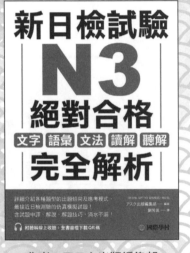

作者：アスク出版編集部

作者：アスク出版編集部

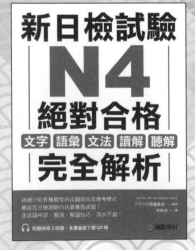

作者：アスク出版編集部

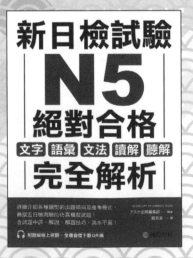

作者：アスク出版編集部